Horror Dragonia

少女小說總集【壹】

傑洛米神父

薩德侯爵 Marquis de Sade＝原作

澀澤龍彥＝日譯　會田誠＝插畫

郭玉梅、王聰霖(本文)・林皎碧(附錄)＝中譯

八方出版

SUITE DE L'HISTOIRE DE JÉRÔME
LA NOUVELLE JUSTINE OU LES MALHEURS
DE LA VERTU 4vol. 1794

*

1962年首度將「傑洛米神父的故事」翻譯為日語
發表在「薩德侯爵選集 美德之不幸」（桃源社）
（現在收錄在「美德之不幸」（河出文庫））
本書屬於簡略版，書名定為「傑洛米神父」，插圖也是本書附屬的。

*

「異常和正常」於1967年6月25日發表於《潮流週刊》
同年12月收錄在由桃源社發行的
《情色理論》（EROTICISM）（現由中公文庫發行）

c o n t e n t s

【目次】

【封面・內文插畫】
會田 誠

傑洛米神父

一

如往常，我心血來潮，在翠恩特附近獨自乘上馬車，朝義大利直奔而去。正當馬車穿越森林時，一陣悲傷的哭泣聲傳進我的耳裡。我對車伕說：「將馬車在這裡稍停一下，我去探查為何會有這陣哭聲，你留在這裡看著馬車。」

我持著手槍，往樹林的深處直闖，最後，我發現一名年約十五、六歲的少女被人遺棄在伐木林中。在我眼前的這名少女，有著難以言喻的美貌。接著，我就往她的身邊走近。

「妳為何哭得如此傷心？美麗的小姑娘，」我對她說。「有什麼我能為妳效勞的嗎？」

「不、不，已經不行了！」她回答說：「我的名節受到了莫大的傷害！我已經成了一個一無是處的女人，我只想死！求求你殺了我吧！」

「可是，小姑娘，妳總該告訴我理由啊……」

「事情很簡單，但卻很可怕！有個年輕人愛上我，但是我哥哥並不認同我們兩人的戀情。當我父母去世後，粗暴的哥哥就濫用他在這個家的主導權，把我從家裡帶到這裡，狠狠地毆打了我之後，就把我遺棄在這個森林裡。並警告我不能回家，如果我敢回家的話，就要把我殺了。我哥

我哥哥就是這麼可怕，什麼事都做得出來。只要我回家，他一定會殺了我。嗚……嗚……你說，我該怎麼辦才好？

哥就是這麼可怕，什麼事都做得出來。只要我回家，他一定會殺了我。嗚……嗚……你說，我該怎麼辦才好？對了，你剛剛說可以幫助我，實在是太謝謝你了。你能否幫忙找到我的情人呢？拜託你了。我不知道你是誰，也不知道你是否需要錢；不過，我的情人非常富有。如果你要錢的話，只要是為了我，不管要花費多少，他也絕對在所不惜。」

「妳說的這位『情人』，到底住在哪裡呢？」我興致盎然地問她。

「就在翠恩特，離這裡大概兩里之處。」

「他知道妳的不幸遭遇嗎？」

「我想，他應該還不知道。」我覺得，這位美麗的少女現在正毫無防備，我隨時都能將她占為己有。但是，我想要的是人財兩得，所以馬上開始盤算該如何進行才能魚與熊掌兼得。於是，我先問少女：

「我們身處的這座森林附近，是否有人家居住？」

「我想應該沒有。」

「是嗎？那麼，請妳稍微再往森林深處走，絕對不要離開這座森林。現在，請用我的鉛筆，照我所說的寫在這張信紙上。這樣，我就能立刻幫妳把情人帶到這裡來。」

美麗少女完全照著我口述的去寫，內容大致如下：

「這位熱心的陌生人會向你報告我的不幸遭遇。我發生了極為悲慘的事故，請你即刻跟這位熱心的先生來到我身邊。請務必單獨前來。這項請求非常重要。最後你就會明白箇中緣由了。為了感謝他幫助我倆見面，我想請您送他兩千塞基（當地的錢幣單位）作為酬謝，這樣應該就夠了。請您單獨帶著這筆錢過來，當著我的面交給他。如果您覺得兩千塞基太少的話，那麼，就請您多帶一點來。」

這位美少女名叫愛洛姿，她照我的吩咐在信紙上簽名。之後，我立刻回到馬車停留處，命令車伕快馬加鞭奔馳。在愛洛姿的情人亞貝洛尼的家門前，馬車戛然而止。這名年輕人一看完我所帶去的信箋，就立刻緊緊地抱住了我。

「兩千塞基，太離譜了！」他大聲驚呼。「你為我帶來這世上最愛的人的音訊，怎麼才值兩千塞基呢！不、不，這怎麼可以？未免也太少了！我會拿出兩倍的金額！快，我們現在就出發吧！我剛剛才聽說我情人行蹤不明，而她哥哥非常震怒。我正愁不知要去哪裡找她呢！非常感激您的幫助。走吧！就照她吩咐的，只有我們兩人一同前去。」

此時，為了安撫這名年輕人激動的情緒，我提出了下列建議：

「由於愛洛姿的哥哥對你們懷抱著強烈的憎惡之心；如果把她帶回到翠恩特，恐怕會有危險。我認為，你最好帶著所有財富和愛人一起遠走高飛，然後再跟她結婚。我希望你務必謹慎考慮，否則你可能會永遠失去最愛的人。」

亞貝洛尼完全同意我的說法。在對我表達謝意之後，立刻就打開辦公桌的抽屜，盡可能地把所有的金幣和珠寶帶在身上。

「我們走吧！有了這些，不管是去義大利或德國，我和她大概一整年都能過著富裕無憂的生活了。在這段期間，整件事應該就能平息下來了吧。」

見到這名青年如此堅決的樣子，讓我感到心滿意足。亞貝洛尼力勸我把馬車停在他家，我拒絕了。我決定把馬車寄放在旅館。之後，我們兩人一同前往森林。

愛洛姿一直留在原地。當我們來到她面前時，我突如其來地抽出手槍，指向亞貝洛尼的太陽穴，讓他毫無機會開口說話。

「你這個不知死活的傢伙，」我說。「你就這麼把財富和女人拱手讓給一個陌生人，你未免也太掉以輕心了吧！現在，把身上的東西全都交出來！帶著你因為輕率而招來的悔恨，一起下地獄吧！」

亞貝洛尼一聽，想拔腿就逃，我立刻舉起手槍讓他一槍斃命。愛洛姿受到驚嚇，失魂落魄地癱倒在地。

「啊，太好了！」這就是我所希望的，再也沒有比這更痛快的罪惡了。現在，這個美麗的姑娘與這一大筆財富，全都任憑我支配享用。我沉溺在愉悅中……如果是其他人，大概只會趁著美少女昏厥之際，盡情享用她的胴體。但是，我卻有不同的想法：將她的痛苦悲慘轉化為我的喜悅，才是我的主要目的。現下她卻失去意識，實在是事與願違。我期待我邪惡的想像力，可以為我創造出千變萬化的快感。同時，我也盤算著：究竟我能從她身上榨取出多少的歡愉呢？我一定得極盡卑劣、盡我所能地讓這股惡意擴展蔓延、盡我所能地讓它登峰造極……

愛洛姿已經徹底地成為了我的玩物。我強迫她吸入提神藥，並且拍捏

我掀開她的裙子，撫弄她的嫩核。或許是因為快感的刺激，她終於恢復了意識。

她的臉頰。由於她仍昏迷不醒，因此我掀開她的裙子，撫弄她的嫩核。或許是因為快感的刺激，她終於恢復了意識。

「來吧！乖孩子，」我有如烈焰一般，熱情地親吻她的唇，並對她說。「打起精神來。為了忍耐悲慘痛苦至極限，妳得打起精神，妳的不幸還沒結束呢！」

「噢，你這無恥的惡人。」少女邊哭邊說：「還有什麼比這更悲慘的呢？你還要對我做出多麼恐怖、殘忍的事？你背叛我的信賴、殺了我最心愛的人，你到底還想做什麼？啊啊——如果你想殺我的話，那就趁早吧！這樣，我就能早點到黃泉路上陪伴我所愛的人。如果你這樣做的話，我就赦免你的罪行。」

我一邊不斷地撫摸她，一邊對她說：「小姑娘啊，我真的會如妳所願地殺了妳。但在此之前，我必須讓妳嘗到一點屈辱、一些苦頭。如果不這樣做就把妳給殺了，我有什麼樂趣可言呢？」

在說話的同時，我的手仍然不停地愛撫她的身體，然後，我讓她那美麗無瑕、豐腴白皙的大腿展露得一覽無遺。之後我不再說半句話，全神貫注在接下來的動作。當我確信，自己即將奪走這位美麗姑娘的處女貞操時，我就下定決心，要侵犯如此美麗的女子，一定要選用一種非她莫屬的完美方式。啊！那將是多麼地獨特、多麼地殘酷、多麼地讓人熱血沸騰啊！而在我勝利的瞬間，我將能夠品嘗到何等的喜悅啊！我選用來凌辱她的手段，更會為這次的勝利增添風味。她那有如大理石一般白皙細緻的乳房，暴露在我眼前。在這種情況下，與其愛撫她，我更有一股想要好好玩弄她的衝動。所以，我並不親吻她，而是一邊啃咬她的乳房、一邊用力揉壓。沒想到，人性本能的效果居然如此地神奇。

不可思議地，愛洛姿最後臣服於自然的衝動。她一邊忍受痛楚；一邊卻被我賦予在她肉體上的快感所操弄著，蜜汁不由自主地流瀉而出。她似乎跟我一同享受著快感，這犯了我的大忌。

「妳這不知羞恥的淫婦！」我發出怒吼：「像妳這種厚顏無恥的女人，我一定要好好懲治妳！」

話一說完，我立刻把她的身體翻轉過去，將這世上最美麗的臀部加以擺弄，成為可以任我為所欲為的姿態……啊，她將賜予我何等的快樂啊！由於她因劇痛而發出淒厲的慘叫聲，我便把手帕塞入她的嘴裡！……

愛洛姿的美麗、絕望、眼淚，與不安的表情融匯為一，這為我的鐵石心腸注入了強大的動力，我立刻再度興奮賁張。因為我異常地激動亢奮，就像吹泡泡一般地猛烈膨脹、失控瘋狂。所以接下來，為了追求更深層的喜悅，我只能徹底地將她折磨得不成人形。我從附近的樹上折斷一根枝椏當做鞭子，接著，脫光這年輕女孩身上全部衣物，然後用力抽打除了乳房之外的全身各處。由於我抽打她的力道非常強勁，不久後，從她身上緩緩滴下的鮮血，就和她死去情人的鮮血混流在一起。但是，我對這樣殘酷的景象生膩後，接著我又想出其他方法來玩弄她。我強迫她吸吮亞貝洛尼傷口的鮮血，她柔順地依照我的命令去做。我找來一根帶刺的灌木枝，用力磨蹭她身上最柔軟之處，然後把樹枝插入她的陰部，再用樹枝搔弄她的乳房。接著，我用刀剖開她情人的胸膛，取出他的心臟，然後在愛洛姿的臉上來回摩擦，再把心臟切成小碎片塞入愛洛姿的嘴裡，命令她嚼碎之後吞下……

我一手握著短刀，心裡盤算著在我到達高潮的瞬間，同時也結束這個小姑娘的性命。我一想到我完美神聖的高潮巔峰，能與她臨終斷氣的喘息融為一體，一股難掩的興奮與衝動立刻就竄滿全身。當她體驗到世上最殘酷的瞬間，我卻品嘗到這世間最甜美的一刻。想著想著，我開始陷入瘋狂。我一手抓住她的頭髮，一手緊握短刀，毫不留情地一下接著一下，往她的胸部、下腹部和心臟猛刺，大約戳刺了十五下。雖然她斷氣時，我還沒有達到高潮。但是，在交合的過程中虐殺對方，實在是太美妙了！這也是最讓我回味不已的精采之處。因為，每當短刀刺向她的身體時，這個美麗小姑娘就會出現一陣激烈收縮。尤其是刺向心臟部位時收縮得特別厲害，讓我感覺就像是要被扯裂了一樣痛快。喔，這是多麼甜美的狂喜啊！我有生以來第一次品嘗到像這樣的狂喜。我要善加運用這次的體驗，今後還要享受無數次如此的快感。

經過這一長串激烈的興奮過程，也該休息了。然而，像我這種擁有惡毒靈魂的男人，一看到眼前充滿罪惡的光景，一股強烈的慾望又再度襲來。剛剛我已經蹂躪過亞貝洛尼的屍體了，如果沒有好好地玩弄一下愛

蒼白的臉龐、凌亂的秀髮，還有驚慌失色的表情，仍可看出她美麗絕倫的容貌。這時，我的慾念再度衝動起來。我插入她的後庭，最後邊啃囓她的肉，邊達到前所未有的高潮。

洛姿的屍體，整件事就不算落幕。愛洛姿還如此年輕，蒼白的臉龐、凌亂的秀髮，還有驚慌失色的表情，仍可看出她美麗絕倫的容貌。這時，我的慾念再度衝動起來。我插入她的後庭，最後邊啃囓她的肉，邊達到前所未有的高潮。

當淫樂的幻影消逝，我立刻把珠寶與金錢收拾妥當，打算就此遠走高飛。即使惡事做絕，我絲毫未對自己的罪孽感到嫌惡。啊！就算我感到有所悔恨，也是因為想到今後，再也不能像這次的犯行一樣，讓我一而再、再而三地興奮衝動起來。而且，我的內心沒有絲毫罪惡感，這真是美妙絕倫的罪惡啊！但是，不能讓這次的犯行有更加華麗燦爛的發展，卻讓我深深地感到遺憾。

回到旅館取回自己的馬車後，我立刻動身前往威尼斯。翠恩特的氣候和當地人真是令人不快，我決定改往西西里。西西里是暴政與殘虐的溫床，我曾在詩人或作家的作品中，聽聞過這座島上古老原住民各種的殘暴事蹟。所以我想，或許可以從這些庫克洛普斯（Cyclops，希臘神話中的獨眼巨人）或洛特派葛族（Cyclopes，希臘神話裡愛吃忘憂果的一個種族）的後裔中，發現他們惡行肆虐後所留下的蛛絲馬跡。我這期待是否會落空，還有，住在這座迷人島嶼的修道士、貴族和富商，是否真如傳言所說，承襲了他們祖先頹廢的邪惡德行與殘暴性格，是一群心狠手辣的惡徒，各位很快就會知道了。我滿懷期待，從北往南地穿越義大利國土。一路上，為了讓自己能夠毫無歇息地持續沉溺於喜悅之中，我偶爾也會嘗試

我悄悄靠近她們，把手伸向兩人的身軀，佯裝伸出去要抓緊她們的手，再猛然一推。海洋就永遠地將她們兩人吞噬了。

一些淫蕩的消遣。不過，與我在暗中進行的罪惡之事相比之下，在我記憶中，就沒有任何一件事值得與各位分享了。

九月中旬，我搭上一艘小而精緻的豪華商船，從拿坡里港出發、前往麥斯納（Messina）。不可思議地，就在這艘船上，上天竟然賜予我一個絕妙良機，讓我得以臨時起意犯下罪行。船上有個正要前往西西里島接洽生意的拿坡里籍女貿易商，隨行的是她兩名亭亭玉立的女兒。這位女貿易商非常疼愛女兒，一刻都捨不得離開半步。大女兒只有十四歲，擁有高貴唯美的容貌、一頭飄逸秀麗的金髮與令人傾心的儀態。小女兒比姊姊小一歲又六個月，她的姿色卻是跟姊姊截然不同的類型。她的容貌比姊姊更為美豔，雖然缺少了一點優雅，但我敢說，她比姊姊更具刺激性。換句話說，我感覺她並不像姊姊是以溫柔優雅的姿態，讓人為她心神盪漾，反倒是會主動出擊，強行征服那些抗拒戀情的靈魂。簡單地說，當我一眼乍見這對姊妹時，就鐵了心要拿她們當祭品了！

但是，事情要如我所願，卻有點困難。她們的母親像寵愛貓咪一樣地寵愛女兒，無時不刻都小心保護著她們，以乎沒有一點可以介入的空隙。讓這兩名可人兒的生命之流就此告終的喜悅，遠遠超越留下她們來當做玩物隨我把弄的快樂；但我卻毫無接近的機會，徒留一堆殺害她們的計謀。我的口袋備有五、六種毒藥，隨時都能用各式各樣的手段來奪取她們的性命。但是，我認為用毒藥殺害她們，對這位非常寵愛女兒的溫柔母親來說，所造成的精神打擊似乎還不夠。我希望能用更具衝擊性、更迅速的殺害手段。我想，也只有我們搭的這艘船駛過的汪洋大海，最適合成為這兩位美人兒的葬身之地了。或許，讓她們沉入海中，會更加有趣吧！這兩名年輕少女有個大意之處（讓我意外的是，居然沒有人阻止她們這麼做），那就是她們經常趁船員午睡的時候，坐在甲板的邊緣。開船後第三天，機會終於來了。我悄悄靠近她們，把手伸向兩人的身軀，佯裝伸出去要抓緊她們的手，再猛然一推。海洋就永遠地將她們兩人吞噬了。這一刻我感到一股無與倫比的刺激感，我立刻下意識地在褲中達到高潮。

由於巨大的落海聲，大家紛紛從睡夢中驚醒。我揉著眼，假裝自己因第一個跑出來而目擊到這場偶發事故。

我奔向兩姊妹的母親。

「夫人，大事不妙！妳的女兒落海啦！」

「你說什麼？」

「她們兩個太不小心了……坐在甲板的時候……一陣風吹來……就把她們吹落海裡了！夫人！她們掉進海裡了！」

這名可憐女人嘗到的痛苦，筆墨言語都無法形容。我想，一般人可能會認為再也沒有比這更令人動容、更悲傷的事了吧！但相反地，這對我毫無情慾刺激可言，甚至就連表情都沒有些許改變。

這名可憐的女人立刻就信賴了我。她意志消沉地下船，我也跟著她住進同一家旅館。或許是察覺到自己死期將近，她把錢包交到我手中，拜託我幫她寄給她的家人。錢包裡有六十萬法朗，可說是一大筆財富，我絕對捨不得輕易放手。

這可憐的拿坡里女子在船隻抵達麥斯納的翌日就撒手人寰，我因而得以安心享用她的身體。老實說，有一點讓我感到有些懊悔，那就是沒有在這女子死前就將她占為己有。這女人雖然因為悲慘的遭遇而變得黯然失色，但仍十分美麗，在我的心中撩撥起無限的慾望。但是，我卻擔心她因此對我失去信賴。說得明白一點，當我眼前只有一個女人時，比起淫慾，物慾要更勝一籌。

抵達麥斯納之後，我唯一可倚賴的，就是在威尼斯備妥的匯票。因為，在西西里通用的貨幣與義大利本土不同，所以我沒忘了要把自己的錢財事先換成在當地可用的匯票。那名幫我把匯票折現的銀行員對我極為親切。如果換成是西西里人到巴黎銀行辦理相同事宜，絕對無法獲得如此親切的待遇。這些和我交涉的外國銀行員不得不對我畢恭畢敬，因為在這裡，匯票擁有跟推薦函一樣的效果。所以，幫我辦匯兌的人不僅在物質面上對我很慷慨，在精神面上也給了我許多方便。

我告訴銀行員，自己想用手上這筆龐大的財富來購買土地。

「聽說這裡實施封建制度，」我對這名待人非常親切的銀行員說：「所以，我有一股強烈的慾望想要住在這裡。因為這麼一來，不但有傭人可以使喚，又有土地可以耕作。我想擁有自己的土地和傭人，供我支配利用。」

「那麼，西西里島是最適合的地方了。」匯兌交易員說：「根據這裡的規定，擁有土地的領主，就握有領地人民的生殺大權呢！」

「那我就美夢成真了呢！」我如此回答他。

若一一說出之後發生的詳細情節，那也太過繁雜了，因此暫且不談。簡而言之，才過了一個月左右，我就成為一位擁有十座大莊園的領主。這些莊園位於靠近卡他尼亞灣（Catania）的希拉庫莎（Siracusa）廢墟旁。也就是說，西西里島上最肥沃的土地已經成為我的領地了，在這塊土地上，我還擁有一座宏偉無比的城堡。

住在麥斯納的這段期間，我經常四處雲遊，因而有機會在著名的聖尼可拉達希納修道院認識我摯愛的同志：本篤會修道院的修士們。他們不但對我很親切，還邀請我到修道院參觀庭院，以及同桌用餐。他們當中最引我注意的，就屬波洛尼亞出身的伯尼芳基神父了。他是我這一生所知，最愛好逸樂與放蕩的一個人。由於他的性格真的跟我極度相似，我們因而成為有相當交情的密友，彼此之間無話不談。有一天，他告訴我以下的事情。

「你大概認為在這個修道院，缺乏讓世間之人垂涎欣羨的愉悅美事吧！那你就大錯特錯了。我一定要讓你知道這個天大的秘密。但是，在此之前，請你務必加入我們的教團擔任修道士。像你這種腰纏萬貫的大富翁，要申請入會易如反掌。」

「但是，」我說，「我已經在這個島上買了土地，取得封建領主的地位了，難道……」

「從以前起，這就是讓人得以輕鬆入會的條件哦！」伯尼芳基繼續說：「擁有廣大的土地，會讓你受到熱烈歡迎！在你入會的同時，或許就能獲得教團的秘傳。」

各位一定無法想像，我經他這麼一說，整個人有多高興。只要加入教團，就能藉由宗教這個神聖的假面具，來掩飾我的種種敗德惡行。正如舌粲蓮花的伯尼芳基所說，我或許能藉此晉升為上帝與凡人之間的協調者，不僅可隨心所欲地行使權利，聽取世人不知恥的懺悔，並可輕易騙取老太婆們的財富，還可恣意地奪走漂亮女子的貞操。也就是說，無論我如何為所欲為都不會被降罪。我想著想著，不由得陶醉其中、渾然忘我，甚至說不出話來。

於是，在接受伯尼芳基邀請後的第八天，我正式成為了修道士，歡欣喜悅地加入這群惡毒修士中，共同進行各式各樣的邪惡計畫。

各位相信嗎？這裡的民眾對神職人員尊敬與信服的程度，跟法國完全不同。在麥斯納，修道士都深深地介入幾乎每一戶人家之中，並親自從家族成員口中打探出所有秘密，至於這些修道士到底是如何濫用這項特權，就任憑各位想像了。說到教團內部的警戒狀態，就如各位進出的教會一樣，十分地森嚴慎重，這座聖尼古拉達希納修道院的修道士，在戒

在修道院的內部，有一處只有教團高層人士才知道的大地牢，這裡監禁了許多來自義大利、希臘或西西里等地的俊男美女。

備方面更是絲毫不敢懈怠。

在修道院的內部，有一處只有教團高層人士才知道的大地牢，這裡監禁了許多來自義大利、希臘或西西里等地的俊男美女。正如各位所知，修道院裡非常盛行近親相姦。甚至有些修道士讓四代子孫相繼懷孕，還對第五代子孫伸出淫手。但是，這個修道院跟其他地方有個不同之處：在這個占地廣大的地牢，可以讓他們不費吹灰之力，就達成所有卑鄙齷齪的放蕩行徑。不過，他們絕對不會走進地牢，而是花費不貲地請人繪下這些俊男美女的小畫像，一一裱褙之後掛在僧人們住處的一間秘室裡；他們再到此挑選中意的對象，命人直接帶到秘室來。因此，這些修道士不僅可以隨時享用珍饈美食，後宮更備有眾多玩物可以隨喚隨到供他們洩慾，讓他們過著荒淫糜爛的生活。說到他們淫穢放蕩、任意妄為的墮落行徑，與對各位而言的任意妄為，是不能一概而論的。確實，在宗教的掩飾之下，能讓這種縱欲享樂的荒唐行徑更加震撼。

我在這些備受敬愛的獨身者身上，觀察到他們基於各式各樣的變態情慾，所衍生出的種種異想天開的瘋狂行徑。我想，其中要以修道院院長克里索斯東的手法最令人歎為觀止。他只和被餵食毒藥的女子發生性關係，他會趁著女子因毒性發作而不斷痛苦地痙攣時，對她進行肛交；就在此時，由兩名男子輪流對院長肛交並加以鞭打。如果女子在交合過程中尚未斷氣，他就在自己即將到達高潮的同時，用短刀刺死那女子，如果女子仍奄奄一息，他便會等待她臨終的瞬間，射精在她的美臀上。

如果女子在交合過程中尚未斷氣，他就在自己即將到達高潮的同時，用短刀刺死那女子，如果女子仍奄奄一息，他便會等待她臨終的瞬間，射精在她的美臂上

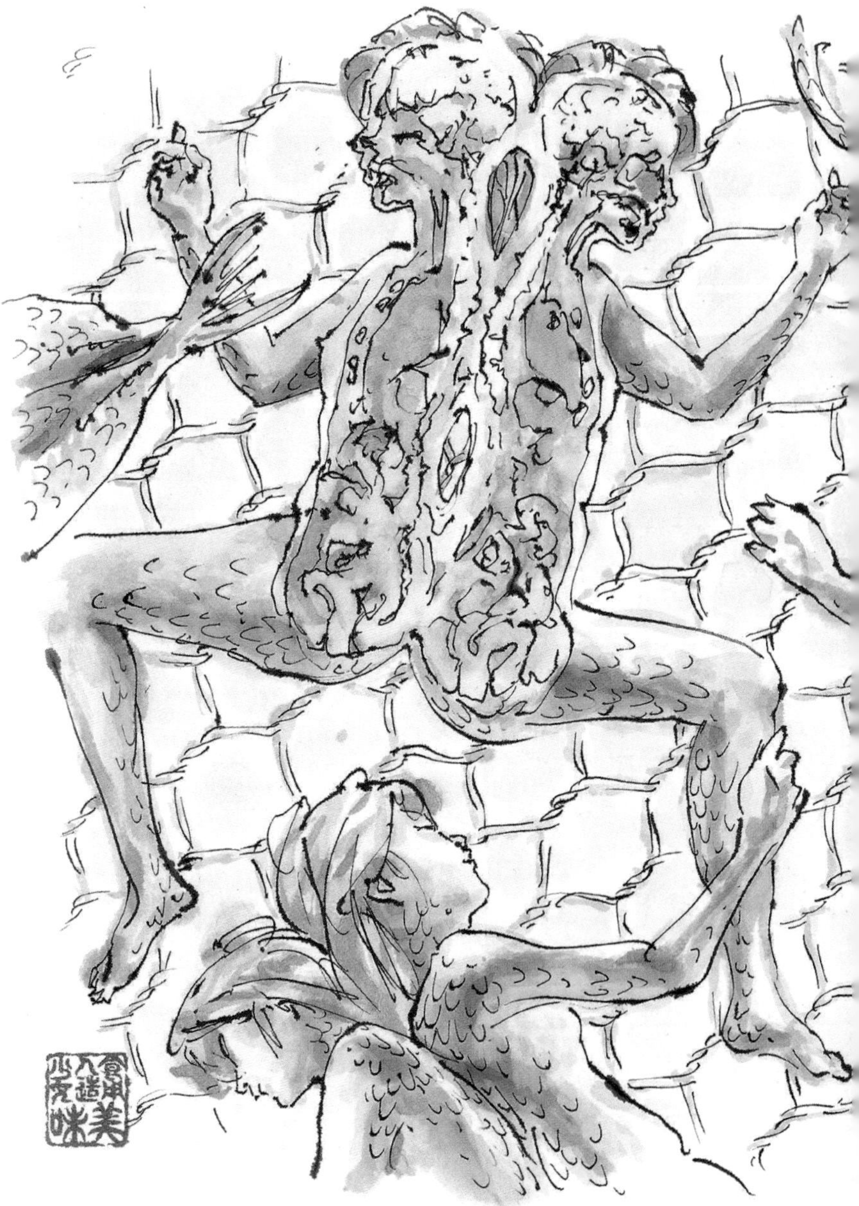

和這些懂得享受的神父相處一起，雖然讓我到達墮落的極限，但反倒讓所有的感覺都變遲鈍了。就像不管看到什麼都已不再令我血脈賁張，感官在不知不覺中變得非常遲鈍。就這樣連續享受了兩年的愉快生活，某天，我向伯尼芳基提出我的想法。

「我們過去所做的，真的是再也沒有比這些更快樂的了。但我們只不過是靠著權力來讓這些玩物服從我們罷了。坦白說，如果能夠要用一些欺騙的技倆或詭計來找到玩物的話，那麼就可以讓我更加興奮賁張。既然你讓我穿上這套僧服，現在唯一能滿足我期待的，就是讓我坐上神聖的告解室椅子。拜託你，請馬上讓我坐上告解室的椅子吧！你說過，只要我喜歡，隨時都能讓我擔任聽取告解的職位。啊，你一定不知道我有多麼想要擁有這個頭銜吧！一想到能夠利用這項新職位來盡情享受物慾與淫慾，我就再也無法等待片刻了！」

「好，就如你所願。」伯尼芳基大方地應允。八天後，伯尼芳基交給我聖母禮拜堂告解室的鑰匙。「拿去吧！你真是個幸運兒！如你所願，我已把淫樂的閨房騰出來給你了。我這八年來玩弄了無數的男男女女，你可不能輸給我，最好是盡可能地利用它。這把鑰匙交到你手上，絕不要讓我後悔喔……」

獲得這項新任務後，我簡直樂翻天了，當晚興奮到難以成眠。第二天，天還沒亮，我就前往工作崗位。當時正巧碰上復活節，前來教堂的民眾多不勝數，我忙得全身汗水淋漓。如果我把這些信徒無聊的老生常

飲むも
その身も酔ひに
よろ〳〵と
取り上げ戴き捧
がたき君の聖
手に
伏せ手。
袖枕。花を以て
要文疑ひあ
視衆生活
「この妙
露八身

一想到能夠利用這項新職位來盡情享受物慾與淫慾，我就再也無法等待片刻了！

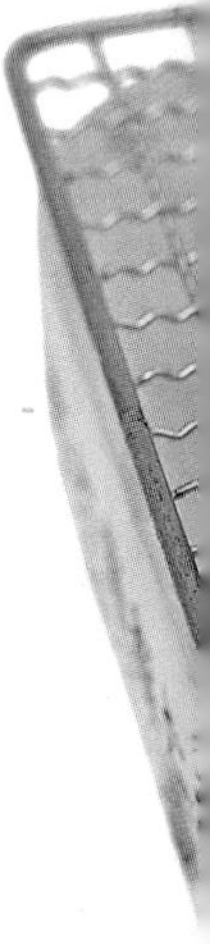

談一一向各位報告，你們大概會覺得很無聊吧！不過，我倒想跟各位說說那位名叫做芙蘿晶的十四歲少女。這位少女氣質高雅，臉龐細緻可愛，如果她外出時不加以遮掩，可是會引起群眾騷動，所以每次外出必定用面紗來遮住臉龐，她就是如此美麗的一名少女。沒想到，這位天真無邪又端莊的少女也會來到我的面前告解。在麥斯納鎮上，還沒有一位姑娘像芙蘿晶擁有這麼多的熱情追求者。但是，純潔的她根本還不懂愛情，不，應該說是情竇初開、懵懵懂懂。談話間，可以看出她還只是個純真稚嫩的少女而已。雖然如此，我卻故意繞著某些話題，並教導許多她還不知道的事。

「美麗的小姑娘，我明白妳已經忍耐很久了。」我用聽起來很認真的語氣說。「但是，這種做法是錯誤的喲！所謂的羞恥心，是會讓人為它犧牲自然情感的東西。然而，人卻不該被迫去背負這種罪惡。雖然妳的雙親一定告訴過妳要嚴格遵守這項美德；事實上，他們卻錯了。妳雙親所說的道德觀，不但殘酷、也不正確。終歸一句，只有人類才享有大自然所創造、所賦予的情慾衝動，為什麼我們要違逆大自然的安排呢？又為什麼，我們要去凌辱大自然呢？妳只需要想想做什麼事才是對自己最有利的，一旦決定就絕對不要後悔。讓我給妳一些忠告與建言吧！但是，妳務必要保守秘密。我告訴妳，並非每個前來告解的人都有如此的恩典，如果別人知道妳有這項特別恩典的話，就會被人嫉妒，而且在背後對妳議論紛紛。明天中午十二點整，請妳到這個教堂來找我，我會帶妳

終歸一句，只有人類才享有大自然所創造、所賦予的情慾衝動，為什麼我們要違逆大自然的安排呢？又為什麼，我們要去凌辱大自然呢？

チルド 美味
塩ひかえめ さっぱりヘルシー
JAS
白身魚とササ
Edible Artificial Girls

到我的私人房間，告訴妳更多的道理。這樣做，妳的內心就會獲得更多的幸福、安心與寧靜。不過，妳要注意一件事，那個總是跟在妳身後的女伴會礙手礙腳；所以，妳最好設法支開她，只有妳一個人來。關於這點，妳可以跟她說，因為妳很難得能單獨聽神父傳道，所以想獨自一個人，請她兩點再來接妳就可以了。」

芙蘿晶完全接納我的提議，並跟我約好她一定會照此安排。為了讓這名少女徹底成為我的囊中物，讓她在明天之後絕對無法回家，我開始著手我的計畫，以下就是詳細的情節。

和她說完話之後，我向修道院請假數天，理由是要回家處理一些私事，然後我就立刻離開麥斯納鎮，趕回我的城堡，並且把克雷曼提（傑洛米神父在西西里雇用的老秘書，經常協助傑洛米神父做各種壞事）留在修道院，代替我接待芙蘿晶並處理一切事務。克雷曼提應該可以輕易騙過年輕又天真的芙蘿晶，並按照計畫地把她帶到鄉下城堡來跟我會面。

完成這些安排之後，接下來就要藉由伯尼芳基的協助，把芙蘿晶遭到綁架的消息散布到整個城鎮（以前我也曾協助過伯尼芳基做壞事，所以這次才能獲得他的幫助）。然後，再模仿這名年輕少女的筆跡，寫一封信給她的父母。信的內容如下：「早在很久以前，翡冷翠的某位貴族就垂涎我的美貌，所以把我挾持到一艘小船，帶到很遠的地方。這位貴族很希望跟我結婚，他並允諾會給我幸福。他的所作所為並未傷害到我的名譽，所以我答應了他的請求。請爸媽別再反對這件事，也請你們別再

行淫蕩的詭計似乎受到上帝的庇佑，因為大自然喜愛淫蕩，也庇佑淫蕩，所以淫蕩的詭計很少會遭遇失敗。

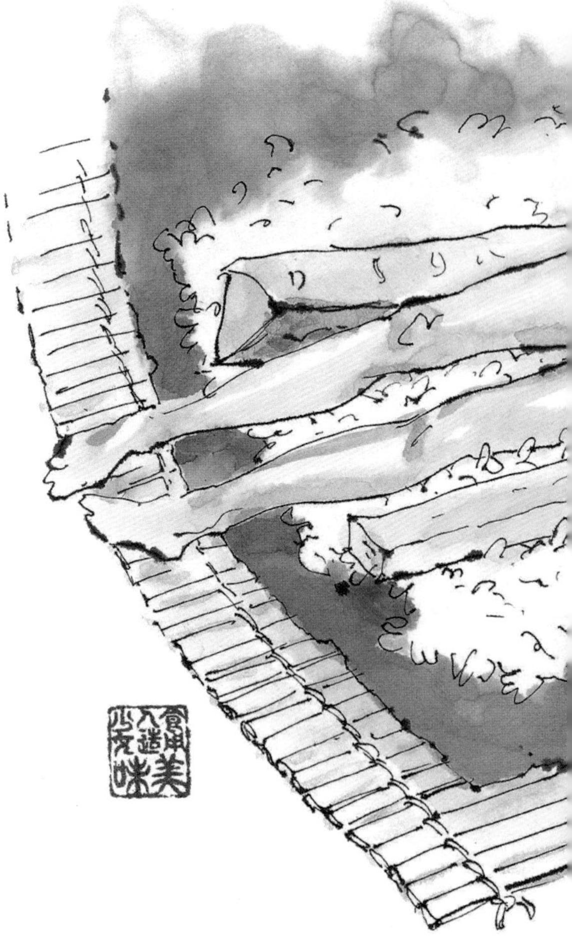

急著四處找我而引起騷動。船一旦靠岸，我還會再寫信給你們的……」

行淫蕩的詭計似乎受到上帝的庇佑，因為大自然喜愛淫蕩，也庇佑淫蕩，所以淫蕩的詭計很少會遭遇失敗。但是，這次的情況，可說是完全悖離了我早在腦海中所想像的情節。

芙蘿晶依照我的約定來到教堂，第二天被帶到城堡來，而且當天晚上就成為我的俎上肉了。但是，我從沒想到這個擁有絕世美貌的少女，她的肉體竟是如此貧乏而且缺少魅力，實在是太出乎我的意料了！瘦瘠的臀部、黝黑的肌膚，全都是我從未見過的醜陋程度。胸部也只有一點點的隆起，陰部總是悶悶濕濕的，位置也不太對。我是因為被她的美貌所吸引，才處心積慮想把她弄到手，沒想到卻是如此結果！我感覺就像遭到背叛，下定決心要好好報復一番。

芙蘿晶很愚蠢地因為甜言蜜語被拐騙離家，並斷絕了一切的後援。當她被克雷曼提帶到我的城堡後，就被關在幽暗的地牢裡。這時，她才發現自己的愚蠢，不停地流著傷心的眼淚。我呢，純粹就只是為了享樂而享受她的肉體。接下來，按照往常慣例，如果不讓她嘗到地獄般的痛苦滋味，難消我心頭的怒火。

事後，我到修道院會見伯尼芳基，他非常高興我的詭計很成功。接下來，他跟我透露，他也希望能盡快分享我所獲得的幸福。儘管我說破嘴，跟他解釋芙蘿晶的肉體毫無魅力、不值得一試，他卻完全不信。完全被芙蘿晶的身世與美貌給沖昏頭的他，堅持無論如何都要試試看，所

女子一旦服下毒藥之後，她的身體就會從頭到腳不斷痙攣收縮，至於會產生如此強烈的刺激感應，應該是因為身體呈現近似自然帶電的狀況。

以我就不再多費唇舌了。

「對了，這樣吧！」伯尼芳基說：「我們要不要也邀請克里索斯東院長一起來呢？我覺得他是一位重情重義又值得信賴的人，應該讓他知道你這次有多麼好運。我想，如果邀他一起分享的話，他肯定會很高興。」

「好主意，」我回答說：「院長的品味、興趣和個性都和我很契合，而且還有機會跟他見面，我一定會好好把握的。」

於是，我們三人就動身前往我的城堡。我的後宮隨時備妥了大批的人，可以充分滿足我們三人如無底洞般貪得無厭的淫慾。接下來，我們就開始展開一連串殘暴的凌虐了。

克里索斯東院長的性癖好，相信各位讀者都知道了。不過，伯尼芳基的癖好也讓人歎為觀止！他喜歡拔人牙齒。當我們對玩物拔牙齒的時候，他就對犧牲者進行肛交；輪到我們對她肛交時，他就對犧牲者拔牙齒。我們把這兩種方法都運用在芙蘿晶的身上，讓伯尼芳基充分發揮他的淫慾；就這樣地，我們把芙蘿晶那三十二顆美麗的牙齒全都拔光了。這時，換院長提出要用他喜愛的方法。相信各位讀者都還記得他的性癖好吧！

我們把兩大塊氯化亞汞丟入硝酸液中，強行灌入芙蘿晶的口中。她立刻發出強烈痛苦的痙攣，我們根本無法固定住她的身體，供我們發洩淫慾。即使如此，克里索斯東卻十分心滿意足，享受到前所未有的高潮。看到他臉上洋溢著陶醉、狂熱的表情，就可以明白他藉此得到多大的歡愉，簡直讓我們也跟著蠢蠢欲動。我深深地感到，這世上再也沒有第二種手段，能夠像克里索斯東所瘋狂熱愛的這種享樂方式一樣，這麼強烈地刺激淫慾了。這原理不難理解，也就是說，女子一旦服下毒藥之後，她的身體就會從頭到腳不斷痙攣收縮，至於會產生如此強烈的刺激感應，應該是因為身體呈現近似自然帶電的狀況。

雖然有許多人明白這項原理，不過，像克里索斯東這樣，不但確實了解這項原理，為了縱慾享樂，也多次實際利用這項原理的人，這世上就只有他一人了。最後，芙蘿晶在痛苦中氣絕身亡。接著，伯尼芳基射精在她的臀部，克里索斯東射精在她的陰部，我則射精在她的腋下，三人各自達到了高潮。犧牲在這種手法下的並非只有芙蘿晶一人而已，我們那時用這方法殘害了六名女子，讓我們享受到空前的快感。當這些女子在我們眼前開始痙攣時，我們各自選一名女子，射精在她們的陰部、臀部或嘴巴，達到了高潮。在玩弄這些女子之後，我們又改用男子來實驗。結果，讓我們的淫慾更加倍高漲。

我們的盛大饗宴後來卻因為一場哲學性討論，而暫時中斷。每次當我們犯下任何一項可怕行為後，內心就會興起一種想要將此惡德合理化的慾望。再也沒有人比克里索斯東更擅於將這種事合理化了。

「真是遺憾萬千的事啊！」某天，他這麼說：「有太多蠢蛋以為道德具有至高無上的價值。老實說，我從來就不認為人類需要道德觀。如果全世界的人都處於墮落的程度，墮落就再也不危險了。我們之所以不敢靠近發燒的病人，那是因為我們怕被傳染。但是，如果我們自己也發燒的話，發燒就沒有什麼值得恐懼的呀！社會裡的殘暴者其實也沒什麼值得害怕的。只要全部的人都墮落到相同程度，所有的人就可以順利來往，再也不必相互擔心害怕。如此一來，美德反而是再危險不過的事了，而且它再也不是世間的常態了。如果還要講究美德的話，那反而有害。從一種狀態變化到另一種狀態，或許會引來一些詭異突兀的事；但倘若全部的人行為都一樣，個人處境也都相同的話，那麼就完全不會有危險了吧！也就是說，如果全部的人類都善良的話；那麼，善良就是一件好事。如果全人類都是邪惡的，他們就會把邪惡當做一種好事。重要的是，不管善良或邪惡，其實都是一樣的東西。只不過，如果整個社會的基調是美德，邪惡就會被視為危險；如果社會的基調是惡德，善良就會被視做是有害的！」

「然而，對那些從不思考什麼是社會基調的人，或是毫不關心這種事的人來說，採取美德或惡德，有什麼好令他們感到憂慮的呢？衡量了所有情況，而決定採取邪惡的手段，有什麼好感嘆，又有什麼好悲哀的呢？從本質來說，這根本就沒有好壞之分，不是嗎？有誰可以向我們證明，讓別人幸福一定會比讓別人受苦來的好呢？首先，我排除採取美德或是惡德，哪一種作法能讓人獲得更多喜悅這一點，來加以討論。畢竟，當別人幸福時，本質上會對我們有益嗎？如果答案是否定的話，那為什麼我們會認為讓別人不幸，將造成我們的痛苦呢？我會認為這得視情況而

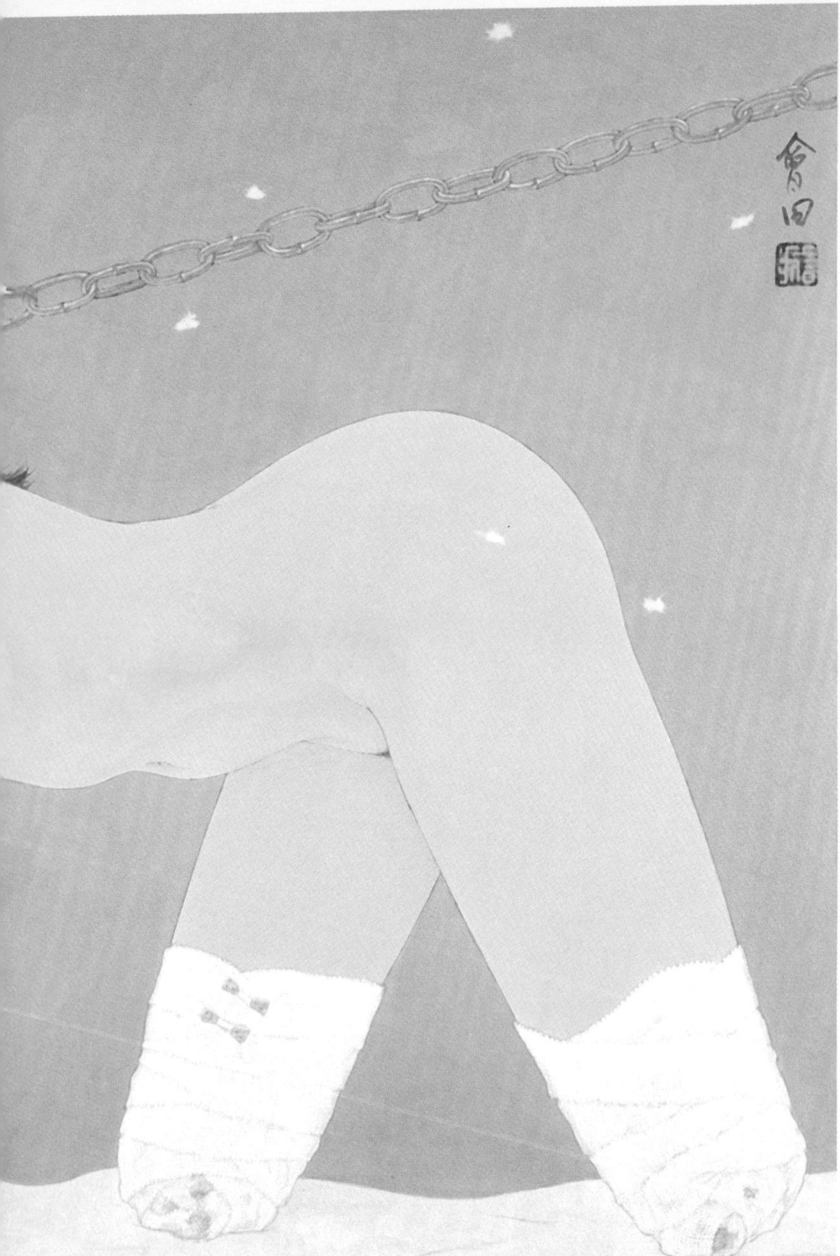
倉田

有太多蠢蛋以為道德具有至高無上的價值。老實說，我從來就不認為人類需要道德觀。

定，我想是由於採取美德或惡德的差別，讓我不得不感到如此。為何這麼說呢？這是因為，以自然法則而言，我只需要背負自己的幸福，根本不必負責別人的幸福。因此，當我違背自然而行時，原本該順應自然法則而生的我，就會讓自己遠離喜樂之事。那些因為我的癖好或暴力而遭受不幸的人，都是比我弱小的人。而這種人，應該以暴力折磨那些更為弱小的人來取樂，這就像是食物鏈。貓吃老鼠，但牠又會被其他動物吃掉。大自然創造出我們，只是為了讓我們互相破壞，並造成全面性的破壞。」

「因此，我們應該跟隨這種與生俱來的天賦，對於各種墮落或不道德的事物，千萬別頑強抗拒。讓我們完全沉淪墮落，讓我們做盡各種喪心病狂的惡事，這樣才是最完美的。因此，我由這項清晰正確的法則中，得到了以下的結論：也就是說，最幸福的社會狀態，就是在社會的各個角落都充斥廣布了色情墮落，如此一來，在邪惡中就能明確地看到幸福，因為那些全心全意把生命奉獻給邪惡的人，將會是最幸福的人。通常一般人都把正義視為一種金科玉律，深深刻印在心中，也就是俗話說的『己所不欲，勿施於人』，但是，這種說法是大錯特錯的。這種愚昧可笑的法則，是那些生性軟弱的人胡謅出來的。只要是有能力的人，絕對不會衷心地接受這種說法。而且，即使我非得確立一種道德原則不可的話，也不會是出自軟弱者的思維。他們本身就很害怕受到欺凌，當然就會一直呼籲別人不該使用暴力。但是，那些對神、人或法律嗤之以鼻的

為了增加我們的喜悅，就應該竭盡所能地去壓

總而言之，我敢如此斷言，全世界人類之所以會存在，全都是為了取悅我。

人，是絕對不會停止做壞事的！重要的是，要知道這兩者到底哪一種讓自己喜悅、哪一種又讓自己不悅。總之，對我而言，這種事根本就不值得討論。」

「再者，我認為，一個有品德的人全心全意去做善事所獲得的喜悅，坦白地說，大概還不到敗德者因為做壞事而感受到的喜悅的四分之一。這麼說的話，我們在能自由做出選擇的狀態之下，為什麼要捨棄邪惡的行為，選擇做那些較少歡愉的事呢？邪惡行為不是向來都能讓人產生更激動愉快的亢奮嗎？如果試著更進一步地用這論點來觀察整個社會，我們就能輕易了解這點，最幸福的社會一定是最腐敗的社會。這個論點能運用在各種問題上。我一點都不想當個只有某部分墮落、頹廢的人。單純只是成為色鬼、酒鬼、盜匪或是無神論者等等，光是如此毫樂趣可言。我認為，應該任何事都去嘗試，而且一定要徹底沉溺於所有惡事之中。尤其是最醜陋、最邪惡的事情，一定要優先沉溺於其中。如果不把如此墮落的領域擴展至最大極限，當然就無法從這樣的淫蕩墮落中，品嘗到其蘊藏的極度喜樂。」

「我們對於周遭人們所抱持的誤解，其實就是道德上數不清的錯誤想法的根源。我們總是幻想自己對周遭的人負有各種義務，因為我們深信他們也對我們抱有各種義務。從現在起，你不妨提起勇氣，完全不要對任何人懷有考量與期待，如此一來，我們對別人的義務也就立刻煙消雲散了。我想問你們一件事，當我們內心有股慾望時，就算是很微不足道的願望也沒關係，地球上的全體人類對我們又有何意義呢？對我們而言，他們什麼也不是！對這些我毫不關心的人們，我們又有什麼理由，要為了讓他們其中的某人感到歡欣，而必須放棄我內心的小小慾望呢？假如我們害怕某些事或是同情某個人，不用說，這當然不是由於某人的緣故，絕對是為了我們自己。也就是說，我們在這世上的所作所為，應該全都是為了我們自己。反之，如果我們沒有任何畏懼恐怖的事，為了增加我們的喜悅，就應該竭盡所能地去壓榨別人。總而言之，我敢如此斷言，全世界人類之所以會存在，全都是為了取悅我。」

「所以囉，我總是再三叮嚀，道德對於幸福是毫無助益的。我們甚至可以說，道德會傷害到幸福。這就跟社會一樣，如果要讓一個人從地球上得到最大的幸福，最有效的方法，就是要達到更加廣泛的全面性墮落！」

不久之後，我們將這個理論付諸實行，藉由各式各樣淫蕩與墮落、各型各款殘酷與專制的手法，沉溺於無數更刺激、更登峰造極的淫樂喜悅中。

【插畫一覽表】

〈插畫〉

「烤肉・美味小姑娘」
P.8-9 / 2001年「食用人造少女・小美味」系列

「新鮮的鮭魚卵蓋飯」
P.16-17 / 2001年「食用人造少女・小美味」系列

「燉煮什錦」
P.24-25 / 2001年「食用人造少女・小美味」系列

「新潟名產・竹葉丸子」
P.28-29 / 2001年「食用人造少女・小美味」系列

「犬（月）」
P.40-41 / 1996年

「曬人乾」
P.44-45 / 2001年「食用人造少女・小美味」系列

「烤蛤蜊」
P.48-49 / 2001年「食用人造少女・小美味」系列

「低溫冷藏食品・美味小姑娘」
P.52-53 / 2001年「食用人造少女・小美味」系列

「捲壽司」
P.56-57 / 2001年「食用人造少女・小美味」系列

「砧板上的美味小姑娘」
P.60-61 / 2001年「食用人造少女・小美味」系列

「犬（雪）」
P.68-69 / 1998年

「大山椒魚」
P.72-73 / 2003年8月（未完成）

〈封面〉

「犬（花）」
2003年3月

「火餤緣蟑螂圖」
部分 / 1996年

〈蝴蝶頁〉

「火餤緣雜草圖」
部分 / 1996年

〈扉頁〉

「果汁機」
部分 / 1999年

＊原畫攝影＝「火餤緣蟑螂圖」「犬（雪月花之家、月）」：長塚秀人 (Hideto Nagatsuka)
「曬人乾」「烤蛤蜊」「果汁機」「犬（花）」：木奧惠三(Keizo Kioku)
「犬（雪）」：宮島徑(Kei Miyajima) /「大山椒魚」：三澤章(Akira Misawa)

異常與正常

——代序

形形色色的性愛類型

想要明確地區分健康與病態、正常與異常，並不是件容易的事。特別是在心理學領域裡，要把一個人的心理狀況先驗（拉丁語 a priori，又譯為先天）地歸類為健康或病態，根本就毫無根據可言。如果是肉體疾病的話，那還算簡單。也就是說，有沒有痛感，或是出現某些機能因為衰退而無法正常運作的症狀，大致就可說是生病了。但如果說一個性慾異常者在完全滿足自我的狀態下，我們又有什麼理由能說他就是病態呢？

比方說，一個戀鞋癖的人因為偷偷收集女鞋而感到喜悅，有誰能責備他呢？這不就跟收集郵票一樣嗎？是種完全不會傷害社會的行為。當然，如果他去偷鞋子的話，那就構成犯罪了。不過，雖然竊盜是一種罪，我們也不能把戀物癖的性慾視同犯罪。

精神分析師說，性慾異常者的幸福只是曖昧不明的幻影；如果他們不能回歸到正常愛情，就無法獲得穩固的真正幸福。然而，什麼才是正常的愛情？那只不過是在某個特定地域、某種特定社會裡，大多數人所認定的東西啊！

二十世紀德國的存在主義哲學大師雅斯培（Karl Jaspers）曾在他的《精神病理學概論》談到：「所謂的正常，同時也表示是精神的貧乏。」這句話很明白地告訴我們，正常和異常的概念是可以輕易扭轉的。怎麼說呢？因為，精神貧乏就表示那是衰弱的、劣質的、病態的。

沉溺在妄想的人，我們很容易地就稱之為「狂人」。其實，這種狂人只不過是他們的精神狀態跟我們有點不同罷了。而且，也沒有一個客觀標準能夠實際去測量精神狀態。重要的是，我們根本無法了解他們的心理過程；唯一能下判斷的，大概也只是他們的行為在某些狀況下可能會危害到社會而已。如果基督或日蓮上人（日蓮教的開宗法師）活在現代，他們恐怕早就被送到精神病院去了。

性本能並不只是純粹為了繁殖或性交而產生的一種本能，如同我先前講過的，這應該包含各種在更廣泛的共通領域的行為。所謂的共通領域，也就是可以產生肉體或精神上的興奮與快感的生理現象。倘若我們想獲得性快感，就必須從許多行為模式中找出自己最喜歡的一種。舉例來說吧，這就跟我們想睡覺時，有人喜歡仰躺成八字形、有人喜歡側身縮著一樣，採取何種行動模式才能讓自己充分享受到性高潮，也是因人而異！

哈維洛克．艾里斯曾說過：「做愛的方式並不只有一種，可說是有多少人就有多少種類型，這樣的說法或許較貼近真實的狀況吧！至少，每個人在個別差異中有幾分近似的類型也是很多的。」

戀　物　癖

「戀物癖」是一種因為肉體或某些衣物而引起性興奮的性倒錯行為。但就如同前述所說的，這到底是正常或異常呢？無庸置疑地，這不是一個能夠輕易下定論的問題。不管是誰，都有唯獨自己才會喜歡的特殊象徵（表象）。對自己來說具有魅力的肉體特徵，對其他人就未必有魅力了。有的人覺得豐滿的乳房很有魅力，也有人偏愛蜂腰或白皙修長的雙腿；有的人特愛烏黑亮麗的秀髮，也有人只要一看到高跟鞋就性慾高漲。不管是襪子也好，手套、手帕、內衣，頭髮或汗臭味也好，都可能成為戀物癖的對象（特定的喜好目標）。

即使在正常的愛情裡，戀物癖有時也會發揮重大效用。不，應該說，在所有的愛慾裡一定都會潛藏著戀物癖的要素。為何如此說呢?因為你絕不會對毫無吸引力的女性抱持幻想。

列出電影女星的照片,讓對方選出最喜歡的一張,我們立刻就可看出他的戀物癖。瑪麗蓮夢露、碧姬芭杜、珍妮摩爾、奧黛莉赫本等等,每位各有不同的特徵,代表不同的戀物癖。可以說,每個人喜好的異性類型也都不盡相同。

當然,我們喜歡的異性類型並非一出生就決定的,通常都跟幼年期的潛意識記憶有所連結。有人終其一生都在追求與母親相似的女人,也有人忘不了初戀女友的臉龐。也有這種例子:他在幼童時期因為敬重的女性長輩在他面前小便,而看到茂密的陰毛;從此以後,陰毛就變成他宿命性的戀物對象。中國的纏足習慣是整個社會對小腳展現出戀物癖的事實;現代的美國文化則是迷戀碩大的乳房。

由此可知,如果把戀物癖歸類為一種性行為偏差,實在是毫無根據的。這就像把喜愛大胸脯的美國男人都視為異常的性倒錯者一樣，豈不是荒謬到極點嗎？如果一定要去確實區分「異常」與「正常」的話，我們恐怕得讓以前的天主教教義復活。也就是說，除了男上女下的性交體位才是正常的，其他的體位都被視為不正常。所有的性愛技巧也都必須被嚴格地排除掉。但是，這對我們來說是不可能的事！

美國加州的法律規定口交（用舌頭接觸女性的性器官）是一種犯罪。然而，對我們大多數人來說，口交只不過是一種很正常的性技巧而已，做夢也不會想到這是一種罪。瑞典某位檢察官曾對一件近親相姦的案子提出法律的認定標準：「孩子不斷去玩弄父親的陰莖，絕不能算是近親相姦。但如果父親在這時勃起的話，罪行就成立了。」你們難道不覺得這簡直是狗屁不通的八股理論嗎？總之，倘若非得要去勉強區別正常和異常的話，任何人都會落入這種愚蠢又無聊的瑣碎主義的陷阱。

局部和整體

雖然，佛洛伊德創立的精神分析學對打破自古以來的性偏見有很大的助益；可是，它在某方面反而更加深了錯誤印象。這是因為佛洛伊德學派一向認為「性倒錯」至少是一種病態，而且非得接受治療不可。但是，最近的存在主義心理學並不支持這種獨斷的看法。比如說，性學專家金賽博士也認為，性倒錯是一種正常的生物學現象。現在，正常和異常之間的界線已逐漸消失了。

根據佛洛伊德學派的想法，幼童對性的感覺會分成好幾個階段才發育完成。一開始，性的感覺會集中在口腔（口腔期），接下來則聚集在直腸（肛門期）。換句話說，這些器官會暫時扮演性器官的角色。因此，幼童排便是一種肛門手淫。經過這些階段後，性本能才會開始固定在陰莖或陰部。在性本能的發育過程中，幼童可能會沉溺於各種「性倒錯」，直到青春期才勉強結束。但如果他在這段發展期遭到某種「情結」的話，長大後就很難脫離性倒錯，因此成為「精神官能症的患者」。姑且不論這種說法是否符合科學理論，至少佛洛伊德派的學者深信「性倒錯」是一種退行現象，且是一種幼稚症（infantilism，「幼兒性格」），也就是停留在幼兒階段的不成熟者的病態性慾。

但是，存在主義心理學或是站在比較人性立場的學者，批評佛洛伊德派的性倒錯理論過於抽象且忽視了複雜的現實。這些學者專家把性倒錯者視為更具體的個體，並更苦心積慮地深入探討。他們主張，不能光憑一個「戀母情結」的理論去解釋所有事實。簡單地說，這恢復了性倒錯者的主體性。

比如，這一派的學者裡面有位心理學家蓋普札特（Gebsattel）。他認為，若把正常的色情視為一個「整體」，那麼，處於對立的就是「戀物癖」的性倒錯了。正如前面所說的，戀物癖的性慾是偏向部分化的，也就是偏向對整體的破壞與分割。其他的性變態、暴露狂或被虐待狂，在某種意義上也是對整體的破壞與分割。結果就會威脅到我們的性生活，也就是在正常的情愛當中會受到各種破壞性與危險性的威脅。換句話說，「性倒錯所造成的快樂基礎元素，絕大部分是建立在『不被允許』的歡樂之上所帶來的刺激性快感，而且經常是和恐懼連結在一起的。」

史特勞斯（E. Strauss）也曾發表過相同理論。他認為：「性倒錯在性愛的選擇方面具有本質的價值。而且往往只有在完美的規定下才會出現。『倒錯』，大都背離被肯定的價值而行。因此，被虐待狂經常是一種反省行為，同時也藉由行為來否定價值。意即，藉由破壞、侮蔑、褻瀆來扭曲自己或他人的混亂手法，這才是真正的快樂泉源。」

不管是蓋博沙特或史特勞斯，他們都認為所謂的「性異常」這種觀念還沒到必須完全摒棄的地步，只不過每個人應該時時刻刻對色情一詞抱持肯定的態度。但是，一般人絕對不會將倒錯的色情視為正常的色情，更不可能將其視為真情流露或高貴的愛情吧！

在這世上，有崇高的被虐待狂（比如殉教者），有偉大的戀物癖者（像是雕刻家），也有高貴的同性戀者（例如戰士的友情），也有美麗的暴露狂（比方說，演員）。即使不特別把他們從性倒錯的範圍中提出來，只要能成功地將他們的異常與他們的整體人格做連結的話，不就能實現他們各自對於人類社會的特殊價值嗎？

由此可知，心理上的要素只有停留在無意識並與個人整體性加以切割的情況之下，它才會發揮危險的作用。只要它能和整體彼此結合，危險的性格就會消失不見了。

朝向「異常」發展的性愛

接下來，我們無論如何都必須讓自己時時記住以下這一點，那就是「色情並非完全朝向異常或倒錯的方向發展」。

本來，動物在嚴苛的大自然條件之下，沒有所謂的正常和異常的區分；但在文明階段就出現了這種區別。而且，人類在文明上具有排他性，對於性的排他性也越來越強，甚至還衍生出許多禁忌。一旦觸犯了禁忌，就會使人產生純粹的滿足感。觸犯的禁忌越大，性的滿足就越強。結果，原本正常的變成了異常，異常的變成了正常。在這種文明的辯證法當中，色情一詞就更加強化了。

談到這裡，就不禁讓人想到喬治巴岱耶（法國作家）的說法：「所謂的色情，就是針對禁忌來進行侵犯的歡樂。」也就是說，健康的性、正常的性本來就是輕易能擁有的；然而，健康的色情與正常的色情卻是不可能存在的。換句話說，色情一旦偏離異常，就會喪失色情特有的動態（活力），很快就會衰滅了。所以，「性的禁忌」就成為色情不致於喪失活力的必備條件了。

順著這樣的思路想下去，我們就可以得知，走在時代尖端的科學家或文學家大聲疾呼「一定要廢止性禁忌」的努力，不得不讓人覺得全都是些無益又無意義的舉動。但是，所謂的「戀物癖」本就是充滿反社會意志的東西，如果認為這種反社會意志也有一小部分能在這社會獲得實踐的話，當然就會出現矛盾了。

有個極端是中世紀基督教視為理想的「嚴格禁慾主義的世界」；另一個則是薩德在其文學作品中所表現的「性的完全無政府狀態世界」。這兩個世界都只有在幻想中才能獲得實現，彼此又有互補關係。而我們在現實中又渴望擁有這兩種烏托邦，也因此才會對半調子的「色情」暫且感到滿足。

在薩德的《臥房裡的哲學》中，年輕的鄔潔妮接受兩位享樂高手──道曼塞與珊妲珠夫人教導她有關快樂主義的性教育。珊妲珠夫人告訴鄔潔妮，她為了取悅罹患戀糞症的先生而做出各種奇怪的事。鄔潔妮很驚訝地說：「啊！這是多麼不正常的興趣呀！」

她一說完，道曼塞就做了如下回應：「不管是怎樣的興趣，都沒資格被冠上『不正常』的名稱喔！小姑娘，大家都是活在大自然當中的啊！大自然在創造人的時候，賦予每個人不同的面貌，也讓每個人擁有不同的興趣。因此，就像妳不必因為每個人長相不同而吃驚一樣，妳也不必因為每個人在慾望上的差異而感到驚訝。」

由於色情是很主觀、很個人的東西。儘管從中或許可以導出好幾個法則與原理，但是，每個人所認定的色情一定又可以分割成數不盡的色調。

「一切事物絕對不可能超脫想像的動力而存在。一位喪失想像力的男子，在肉體的溝通過程中，應該也會對女人喪失興趣吧！因為，只要是跟性有關的事情，就沒有一定的『對象物』！」這是英國小說家克林威爾森所說的一句名言。

澀澤龍彥

【作者介紹】

澀澤龍彥

1928年生於東京，東京大學文學院法語系畢業。
是翻譯以薩德為首的歐洲變態異色文學的第一把交椅。
在政治氣氛極為濃厚的六○年代，他相繼發表了《神聖受孕》、《毒藥手帖》、《夢的宇宙誌》等諸多著作，
從文學與藝術的觀點闡述馬克斯思想，因而激發了當時的左翼份子。
1959年，他因為翻譯被看作是猥褻書籍的薩德《惡德之榮耀》而於翌年遭禁，
並引起「薩德裁判事件」，把多位當代作家和文人也捲入其中。
1969年在東京地方法院被判有罪。
後來又陸續發表超現實主義、神秘學、情色理論等相關的散文，
並陸續發表對西歐古代、中世紀的美術與文學的評論，
對三島由紀夫等同時代的作家造成強大的刺激與影響。
從八○年代以後，他創立了奠基於日本古典的獨特的幻想文學世界，
創作出《唐草物語》（泉鏡花文學獎）、《空舟》、《高丘親王航海記》（讀賣文學獎）等等傑作。
1987年死於喉頭癌。
以自己在手術之後的住院體驗所寫出的作品：《在市中心醫院看見幻覺》，成為遺作。
著作有《芙蘿拉消遙》（平凡社圖書館）等書。

薩德

Donatien Alphonse François de Sade, 1740-1814

法國小說家，一般人稱他為薩德侯爵。
出身於佩脫拉克（Francesco Petrarca）愛人蘿拉（Laura）家族的名門。
雖然娶了司法官的女兒，卻相繼發生鞭打乞丐女、毒糖果等醜聞而被捕入獄，
導致一生中有三分之一的歲月都在監獄度過。
他在法國大革命的期間獲釋，卻又因為反革命的罪名而遭到逮捕；
接著又在拿破崙體制下遭到文字獄，直到死亡之前都被監禁在瘋人院裡。
大多數的作品是在監獄或瘋人院寫成的，
遺書上並清楚寫著：「把我的名字永遠地從世人記憶中完全抹去！」
薩德的思想與文學價值長期遭到忽略。
經過十九世紀末期的德國精神醫學家與二十世紀多位詩人的奔波努力，他的聲譽終於恢復。
原本被視為禁書的著作現在我們也可以自由地閱讀了，並被推崇為古典小說。
代表作有：《茱絲汀或美德的不幸》、《茱莉愛特或惡德的榮耀》、《臥房裡的哲學》、
以及被視為性倒錯總目錄的《索多瑪一百二十天》等等。

Horror Dragonia

少女小說總集【壹】

傑洛米神父

薩德侯爵Marquis de Sade＝原著
澀澤龍彥＝日譯　會田誠＝插畫
林皎碧＝中譯

貴族和俗衆　當澀澤龍彥遇見會田誠的插畫

山下裕二 Yamashita Yuji

您聽過會田誠嗎？一九六五年出生，比我還年輕七歲。被稱為「藝術家」、「現代美術作家」，在領域中頗受矚目的一個人，我卻覺得這些稱呼，沒有一個適合他。四、五年前，初次相遇，他的名片上印有「作畫」的「頭銜」（這該是當時他最拿手的演出吧！），當時我對他還有一種優越感的印象。然而，他不只作畫而已，也著手裝置藝術、表演藝術、錄影藝術。不過，我所期待的那種精心描繪的「畫」，這幾年來似乎不再畫了。連那帶有自虐性的所謂「作畫」的自稱，可能也厭倦了吧！說到這裡，我想起半年前拿到的新名片，上頭已經沒有「作畫」的頭銜了。

澀澤龍彥這套《Horror Dragonia 少女小說集成》（Dragonia 一詞，為澀澤龍彥自己命名，意為「龍彥領土」、「龍彥王國」）全五集的第一集，所採用的插畫就是會田誠的繪畫作品。

封面上的作品為二〇〇三年春天，在澀谷PARCO美術館舉辦的「girls don't cry」的參展作品〈犬〉。這是嘲諷所謂「日本畫」的〈雪・月・花〉三連作，也就是一九九六年以來構思的系列中，屬於〈花〉連作的部分，終於全部完成。

少女被切斷手腳、包著繃帶，用狗鍊綁在櫻花大樹下。微微隆起的胸部、隱約可見的陰毛。少女的面前，擺著盛狗食的狗碗。櫻花花瓣在畫面四處飄落。

最重要的部分，不在少女所浮現的苦悶表情，而是令人瞠目結舌，驚訝不已的景象——那一條一條滲出血漬的繃帶纖維的質感。如此的畫，若是不夠嚴謹，整個作品就毀了。

果真讓澀澤看到這張畫，他會怎麼說呢？

薩德（Marquis de Sade）原著、澀澤翻譯的《傑洛米神父》的插畫，就是會田誠於二〇〇一年在表參道書店NADiff畫廊所展出的「食用人造少女・小美味」中的數件作品。

作品有描繪少女股間擠出鮭魚卵、也有從縱切成兩半的腹部飛出內臟。這是高雅的美術館所不能展示的物品（實際上，傳單上印上會田作品的公立美術館，招來不少抱怨）。

其實，我花了十萬圓買了一套裝在桐木箱的限定版複製畫，埋在我的Dragonia深處裡，這次為了要撰稿，才又把它翻出來。澀澤會去買會田的作品嗎？——肯定不會買吧！

這次的出版計畫，我是在新宿喝酒，聽到不期而遇的高丘卓編輯提起，也是在那裡口頭約定替他寫稿。他可能知道我一直都很留意會田誠吧！話說回來，澀澤本身姑且不提，熱情的澀澤迷對會田誠的偏頗看待，難道我會不清楚嗎？

不久，正式的邀稿函寄來，附加的信上寫著「有關會田氏的繪畫，毋庸我多加贅言，我認為這些作品，簡直就像為這本薩德原著、澀澤翻譯的《傑洛米神父》所畫的插畫般吻合。」

雖然我未必持相同看法，但是縱使兩者不相吻合、會田的畫和澀澤世界脈絡相連接時，所表現出那種完全不吻合的位相，是我最感興趣之處。況且那種「不吻合」，經由這本書完全顯露出來。例如，「信仰」會田的「現代美術」世界（澀澤大概很討厭那種空氣吧！）的年輕讀者，若能感受到澀澤那種冷漠處世的固定化印象的最深處核心，那就太好了。

相反地，信奉澀澤趣味者，若能認識會田這種非常愚蠢的「戲畫」（這是褒獎之詞），作為脫離冒牌超現實主義那種膚淺的發軔，我認為那也非常好。我看過太多「鬆散的超現實主義」的畫廊，和「怏怏不樂」的畫廊，才斗膽發出這種言論。

儘管如此，假若澀澤龍彥還健在，會如何寫會田誠呢？或許，根本不予理會，什麼都不寫吧！——光是想像這些事還頗有趣呢！

澀澤寫同時代畫家的文章，出乎意料地少。一九六七年，青木畫廊舉辦金子國義（畫家，一九三六年出生於埼玉縣）個展發行的小冊子，開頭有一篇題為〈有關「如花少女」的醜聞 金子國義〉的文章。我以此當參考，假想出「澀澤之會田評」。

「隨著流行之波搞衝浪音樂，滿嘴脫口而出的所謂『造型』、所謂『空間』的當代風畫家諸君，我絲毫不感興趣、也不抱任何關心。霓虹燈廣告招牌或壓克力，全交給商業資本的小學徒就可以啦！那種事並非高貴種族所知曉。」

讀到此時，會感到他根本是一個令人討厭的貴族。想像這位老貴族（若澀澤在世，已經七十五歲），來到會田誠的展覽祝賀會上，拄著枴杖、垂示學識淵博的模樣，實在令人不寒而慄！不過，就算澀澤躲在鎌倉的Dragonia，順手翻開會田誠的畫冊，或許還會自慰一番，也不致於像一般的「美術評論家」，毫不在意就隨意出門、到處垂示自己淵博的學識吧！

有些人儘管已有某種知名度，也不會像會田這種「商業資本的小學徒」的畫家，人家不會開口閉口就提「造型」、「空間」。

這本書封面的「犬」，正是以澀澤討厭的壓克力顏料描繪的。喜愛油彩味的老人家，對於壓克力顏料那種令人訝異的質感，必定無法接受吧！假如請託七十五歲的澀澤，為會田誠寫篇文章，他也會察覺方才我所指出的「不吻合」而感到為難吧！

我又發現有一篇可作為假想澀澤寫會田評的資料。在〈有關土方巽〉（土方巽《臥病的舞姬》卷末解說，白水社一九八三年）這篇文章中，澀澤又碰上了無法忍受的憎惡。

「歷史的意義，在於從現在的逆遠近法而決定。深入思考，看到六〇年代脫口就說昂揚、熱情的那群人，令我對於無可救藥的感傷主義和樂觀主義深感厭惡。真是愚蠢到骨髓的俗眾！我真有那種感覺。」

當他把別人扣上「俗眾」一詞時，亦表明自己就是「貴族」的姿態，讓我已經偷偷在戰慄。我很想請教他──「澀澤先生！您所謂的俗眾，具體是指誰呢？」我認為當會田俯瞰這種「俗眾」（比澀澤所使用的用詞更具廣義性）的思維方式、故作高雅的「貴族」模樣、持續搖擺在他們最喜歡的「美術」的這群作家，也許會以「怎麼擺起臭架子來了呢？澀澤先生……」來挖苦吧！

感覺上，這本書完全是「仿超現實主義」的裝裱方式，澀澤迷也許能夠接受吧！雖然，某種意義上並不吻合，有關「少女」的隱喻，竟然奇妙地和會田誠的表現相連結，這讓我感到喜出望外。

山下裕二＝美術史家．明治學院大學教授

【會田誠 (Aida Makoto) 簡介】

■一九六五年，出生於新潟縣。東京藝術大學美術學部油畫科畢業，九一年該校研究所美術研究科修了。九三年以「FOETUNES展」（X光藝術研究所）出道。之後，以三豬畫廊的個展為主軸發表作品。繪畫、屏風畫之外，還以各種表現型態，創作有毒和刺激性作品，不斷擾亂現代藝術的境界。二〇〇〇年，獲ACC的贊助，在紐約停留、創作九個月。二〇〇三年七月，以〈紐約空爆圖〉參展紐約市惠特尼（Whitney）美術館舉辦之「THE AMERICAN EFFECT」展，引起話題。美術作品外，著有小說《青春和變態》（九六年）、漫畫《mutant花子》（九九年）。最近漸獲國際上高評價，屢受邀請參展國際大展。他是大家期待能夠活躍世界舞臺的天才藝術家。

三豬畫廊代表．三豬末雄

【編輯後記】

「高丘老大出航始末記」

■「愚蠢的女權主義鬥士，屢屢毫不忌憚作如下斷言，即『色情文學（畫）物化女人，所以帶有歧視性、也是非人性。』不知為何有如此低下的層次、如此偏頗的意見呢？自己本身甘居客體，耗盡多少自由的行為，多少也懂情慾的微妙，這是自明之理。」

當我決定使用會田誠的作品作為《Horror Dragonia 少女小說集成》第一集薩德原著的插畫時，澀澤龍彥替植島啟司（宗教人類學者、作家。一九四七年出生於東京，著有《分裂病者的舞會》等書）所寫序文〈分裂病者的舞會〉的詞句，瞬間掠過我的腦海。依會田誠的說法，「食用人造少女・小美味」是在西元三千年地球面臨糧食危機之際，所發明的代用食品。這不能說是色情的最後物化吧！以快樂為對象，加以玩弄後食用的快樂……至此，連薩德的小說都比不上（小說中，作為快樂的犧牲，是活生生的少女）。西元三千年被食用的少女，根本是一種對人類的救贖行為。不過，現階段當然還屬於觀念世界的話題。

■我使用會田誠的作品，承受了極大的阻力。說是「那種下流、令人作噁的畫，用在崇高的澀澤作品，簡直不像樣！」而且這抗議跳過我，直接向敝社編輯部次長和澀澤夫人控訴。我和澀澤夫人當然不理會這些抗議。雖然對於會田誠的評價有些冒險，卻不容動搖。另外，那位直接上訴的老人家還說了：「我斷絕京都的後援者，回到東京。因此，何不更換工作人員，由我來主持這個企劃案呢？」聽說編輯部次長也收到了這種胡亂的請託，澀澤夫人更是厭惡這種臭腥味的話語。

■八月二十日，今夏罕見的酷熱。在聒噪的蟬鳴聲中，我陪同三豬末雄氏到淨智寺的澀澤龍彥墳前祭拜後，前往澀澤宅邸。攜帶替本書裝幀的當代第一的裝幀家．鈴木成一先生的設計草圖，請澀澤夫人作最後定奪。我們受到了美味的日本冷酒的款待，醺醺然的我們，在黃昏時分離開北鎌倉。第一集就在如此之中，準備啟航……

歸途中，又前往刻在三猪畫廊舉行的「辛酸NAME子展」（辛酸NAME子為日本漫畫家、小說家、專欄作家、藝術家活躍於日本文藝界）開幕式。二次會席中，遇見十數年不見的鈴木邦男氏，聽說他最近將和辛酸小姐對談。也和剛從德國歸來的攝影家MARIO．A（MARIO．A〔Mario Ambrosius〕，出生於瑞士。柏林藝術大學肄業、柏林自由大學碩士課程修了）等再相會。聽說MARIO在BT雜誌和四谷SHIMON（本名小林兼光。人形作家、演員）有一場倒錯對談。三猪先生介紹我認識工藤KIKI（一九七二年出生於神奈川縣，以作家身分活躍各媒體，著有《ASUNARO》等書）。工藤說自己是會田誠的粉絲。將近十二點，三猪先生帶MARIO和我，前往六本木芋洗坂的酒吧和植島啟司先生會合。植島先生在詩人貞奴、女星中島朋子兩位小姐的包圍下，心情hight到最高點。植島先生正熱烈談論籌備中的新戲。這位性愛作家、看來健康快樂！

■下一回刊出作品為澀澤龍彥・後期的傑作《菊燈台》。插畫由現代藝術界的另一位天才山口晃擔任。敬請期待！

高丘卓

預告

【第2集】

引來殺身之禍的少女和倒錯的性──澀澤恐怖小說的最高傑作！

Horror Dragonia 少女小說總集【貳】

「菊　燈　台」

【著】
澀澤龍彥
【封面・內文插畫】
山口 晃

*

在福井若狹海岸，一位美少年與美人魚翻雲覆雨之後，
突然被人口販子強行抓走，被賣到瀨戶內海的鹽田大戶成為奴隸。
少年決意脫逃，沒想到遭人密報，
就在千鈞一髮的時刻被鹽田大戶的千金拯救，
後來又成為美麗千金的奴隸（燈台），
少年必須每晚侍奉千金小姐享受魚水之歡，
就在雙方沉浸在各種性倒錯的歡愉時刻，
某種出人意表的結果正等待著他們………

*

小說後的散文──「收藏少女」的序論

預告

【第3集】

邪教的淫蕩與性變態——薩德侯爵的性變態聖典！

Horror Dragonia 少女小說總集【參】

「淫蕩學校」

【原作】
薩德侯爵

【日譯】
澀澤龍彥

【封面・內文插畫】
町田久美

*

黑暗森林裡的巨大城堡有如一處前所未聞的罪惡與罪行的淵藪，
專門提供淫蕩者享樂，
一個慘絕人寰的人間大煉獄！
這些受到惡靈之邀來到此地的可憐犧牲者，
絕對想不到這批惡徒將會以何種惡毒淫穢的手段來蹂躪他們！

*

《索多瑪一百二十天》精華版

預告

【第4集】

狐狸妹妹與哥哥爆發一場愛恨情仇的火燄！——甜美、殘酷，又懾人心魂的恐怖小說！

Horror Dragonia　少女小說總集【肆】

「狐　媚　記」

【著】
澀澤龍彥
【封面・內文插畫】
鴻池朋子

＊

北夫人生下長子星丸的五年後，又生下一名女嬰，
沒想到這名女嬰卻是一隻狐狸！
丈夫左少將憤怒下達殺害女嬰的命令，夫妻因此感情不睦而分居，
然而兩人一直飽受惡夢折磨。
星丸逐漸長大成人，
有一天，從歹徒手中救回一名少女，暫時寄託在母親住處。
星丸與少女迸發愛欲火燄，
當北夫人看到他們在野地裡卿卿我我時，
沒想到居然目睹令她瞠目結舌的場景………

＊

預告

【第5集】

顛倒夢境與現實的世界——怪誕的潛意識小說！

Horror Dragonia 少女小說總集【伍】

「貘 園」

【著】
澀澤龍彥
【封面・內文插畫】
山口晃

*

高丘親王前往天竺的途中，卻在南方的盤盤國迷路了。
盤盤國幅員遼闊、國勢強盛，歷代皇族飼養許多食夢貘，
後來因人們逐漸喪失作夢能力，造成食夢貘的數量驟減。
高丘親王被捕之後，被太守幽禁在貘園，希望讓貘享用親王的美夢，
高丘親王每晚的夢境都被貘吃掉，致使親王逐漸失去生趣而惡夢連連。
某日，美麗的太守女兒出現在貘園，高丘親王目睹這位美麗的少女正在愛撫公貘，
而且就在下一瞬間，居然把公貘的性器官含在嘴裡，
接下來，高丘親王感覺到自己似乎已化身為那隻公貘！
………高丘親王究竟會遭遇到何種命運呢？

*

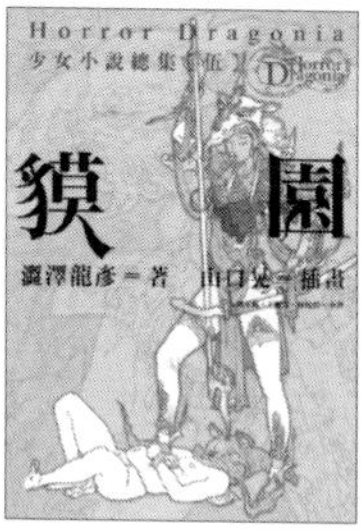

Horror Dragonia 少女小說總集【壹】

傑洛米神父

【原作者】
薩德侯爵
【日文翻譯】
澀澤龍彥
【封面・內文插畫】
會田 誠
【中文翻譯】
王聰霖、郭玉梅(本文)・林皎碧(附錄)
【主編】
王雅卿・劉素芬
【出版者】
華文創意股份有限公司
【發行所】
八方出版股份有限公司
地址 臺灣台北縣23141新店市民權路188號2樓
電話 (02)8667-1177 傳真 (02)8667-1333 E-mail bafun.books@msa.hinet.net
郵政劃撥 19809050 戶名 八方出版股份有限公司
【總經銷】
聯合發行股份有限公司
地址 臺灣台北縣23141新店市寶橋路235巷6弄6號2樓
【港澳地區總經銷】
豐達出版發行有限公司
電話 (852)2172-6513 傳真 (852)2172-4355 E-mail cary@subeseasy.com.hk
地址 香港柴灣永泰道70號柴灣工業城第二期1805室

定價 新台幣380元
ISBN 978-986-7024-87-9
初版一刷 2009年8月

國家圖書館出版品預行編目資料

傑洛米神父 / 薩德侯爵(Marquis de Sade)原作；澀澤龍彥日譯；郭玉梅，林皎碧中譯. -- 初版. -- 臺北縣新店市：八方出版, 2009.08
面； 公分. -- (Horror Dragonia 少女小說總集；1)
ISBN 978-986-7024-87-9(精裝)
876.57 97008316